五行歌集

古里よ　世界よ

―８５歳になりました―

大森　仁

Ohmori Hitoshi

そらまめ文庫

目次

はじめに

私は60歳の定年退職を機に当時流行った言葉「ぬれ落葉」になってはいけないと、マラソンを始めました。初めて参加した明石海峡大橋完成記念のハーフマラソンを無事完走してマラソンにはまってしまいました。以来15年、フルマラソンや100キロウルトラマラソンに参加、日本全国はもとより、フランス、ドイツ、イタリア、ギリシャをはじめ世界各地に脚を延ばし、約150のマラソン参加で得た多くのマラソン仲間と現在も歓談する機会にめぐまれております。

約10年前に走れなくなり、次は何を？　と思案していた時、中学生のころからの友人、現在の舞鶴五行歌の会代表の小谷要一（要岳）さんに出会い、小谷さんの勧めのまま、五行歌の世界に入り、いつの間にか全国大会にも参加させていただいております。

草壁主宰と同様、100歳までは生きられると自分に言い聞かせていますが、ある日突然後ろから「あなたの番ですよ」とお声掛けがあるやもと考え、今までの作品をまとめてみました。なんだか日々の雑感メモのようですが、ご笑覧いただければ幸いです。
最後になりましたが、編纂に当たりご指導ご協力いただきました皆々様に心からお礼申し上げます。

大森　仁

二〇二五年　一月吉日

I　二つの古里

宮津と舞鶴

線路の中に草がある
草の中に線路がある
ローカル線は
鳥たちに迎えられ
花に見送られる

今朝もまた
同じところで
雉が鳴く
無人駅まで
およそ1丁

継ぐはずの
子らは何処
ご近所に
空き家が1軒
また1軒

高速バスで
伊丹から舞鶴まで90分
目の当たりにする
角栄の日本列島改造論の
光と影

古里の駅
昔自慢に思えた陸橋
今
上り下りに
ひと苦労

土俵に上がった
女性看護師さん
お陰で去年は
「舞鶴」の名が
世に知れわたり

晩秋の海水浴場
コインシャワーやアイスクリームの
色褪せた看板
北風に寒そう
わが身に重ねて

「裏庭こそきれいに」
祖父の口癖だった
それだけは
守り続けてきた
曲がりなりにも

今ごろは鉄線花《クレマチス》
咲いているだろう
わが古里の庭
コロナ禍で
訪ねられないもどかしさ

昔
学校の運動場は
村人みんなの遊び場だった
金網に囲まれたのは
いつの頃からか

遠い舞鶴の歌会
通い続けて7年
素晴らしい仲間
止められない
止めたくない

古里（実家）に一泊して旧友との歓談も

Ⅱ　十人家族　猫もいれて

五行歌25年〜言葉でひらく未来　巡回展（2019年開催）参加作品
写真・川原ゆう

風に乗ったタンポポの綿毛
遠く　遠く　さらに遠く
この年齢になって
思うこと多し
子たちは日、独、米にいて

「成人の日」
私の時代は
ただの休日
「電報です」に飛び起きたら
父からの祝電だった

息子が来ると
妻は顔も心も総崩れ
一人で育てた
十月十日《とつきとおか》の
違いでしょうか

サニブラウン
100と200で2冠達成
ケンブリッジもダルビッシュも高安も
ドイツに住むわが孫も
ハイブリッドたちよガンバレ！

二日居て
孫の遊んだ
ブランコの下
芝生が剥がれて
嬉しさ再び

1歳のとき大泣きして
入園した孫娘　6歳
今日　涙ながら
卒園したという
その成長に思わず涙

私は母の記憶なしで
80年
旧友はこのごろ
母親の傍らで寝ているという
長い80年を思う

同じことでも
妻から言われるのと
子から言われるのと
孫から言われるのと
脳への響き方が全然違う

約束した駐車場でなく
改札口に息子の姿
二人の孫も想定外
雨の日曜日
歓び10倍

「父さん　BBQに
火吹き竹が欲しい」
ドイツの娘から
テレビ電話
さてどうする　今の世に

娘の義父が
倒れ入院
85歳のアメリカ人
気懸かりは
海を越えて

顔はドイツ人×日本人÷2
心と行動は
ドイツ人100％
孫息子相手に
戸惑う私

私の献体　家族も承諾
大学医学部に会員登録
微力ながら
医学の発展に貢献したい
私は気持ちが随分楽に

ドイツの孫
「行く」を「来る」という
昔　長崎の親友も
そう言っていた
オランダの影響か?!

娘二人は
独と米
息子は日本
各自選んだ生きる場所
私にも悔いなし

米で「貧しく苦労した」と
昔を振り返る娘
知らなかった私
苦学して成長した娘に
心で詫び今を喜び合う

娘から
週3回の長電話
ねらいは私の認知症予防か
遠いアメリカから
ありがとう

Ⅲ　小さな後ろ姿

車イスを押す
今日までどんな日も
背中を押し続けてくれた
妻の後ろ姿が
近くて小さい

第30回五行歌全国文書大会四席と草壁賞

ここにいる人たちは
今
命のことばかり
考えている
大阪国際がんセンター

妻の5姉妹と昼食会
子・孫・曾孫そして嫁
それぞれに
それぞれの心配ごと
気をもんだり達観したり

こんなに小さな
朝露が
陽の光を受け
妻と私を
童心に戻す

実妹の家で
2泊してきた妻
なんとなく
上機嫌
少し気になる私

歌集『リプルの歌』
読んだ妻
私　五行歌
やろうかな
リプルさん　凄い

大阪城大手門近くにある
大阪国際がんセンター
大阪府警
重粒子線センター
親しくしたくありません

呼吸器腫瘍科
軟骨部腫瘍科
腫瘍皮膚科
化学療法科
これで心配内科？

大病院には
銀行も郵便局も
コンビニもスタバも・・
ないのは
笑顔だけ

「コロナでお見舞いは
代表者一人が
15分以内」
借り物競争みたい
今どきの癌センター

マイナンバーカードや
パスポートなど
一切要らない
自由で素敵な世界に
旅立とうとしている君

「海外旅行より
わくわく感がある」と
君は言っている
余命へのその言葉が
反って切なくて切なくて

旅を楽しみ
絵を楽しみ
音楽を楽しみ
別れすら楽しんで
君は旅立つのか

葬送の曲まで
何もかも
自分で段取りして逝った
君の生きざまが
生き続ける

「私が先」
暗黙の了解だった
約束が違う
そのあとは
全てが想定外

よく喧嘩した夫婦だった
が
仲は悪くない
二人だった
知らんけど

公園の池に
鯉が一匹だけ
さぞ寂しいでしょう
話しかけてみる
妻が逝って2ヶ月

海を見て育った
私
山を見て育った
妻
だからか・・・

「なぁ母さん」と
つい同意を求めている
私
妻が逝って
1年半

Ⅳ　野鳥の学校

出席を取ります
イソヒヨドリさん・スズメさん
セキレイさん・ツバメさん・ムクドリさん
カモメさんは遅刻かな
わが家のお庭の野鳥の学校

「宇良を裏返した」
白鵬は
相撲も
日本語も
超一級

阪神でもない
楽天でもない
中日がよく似合う
男だった
星野仙一という熱血漢

力いっぱいの
ぶつかり稽古
投げられても倒されても
夢を追う若い力士たち
ここにも浪花の春

「以前に行った時」の
「以前」は
なんと三十年前
それはもう
「昔」のことです

バス停の
お掃除おじさん
力尽きた蝉を
ゴミ袋には入れず
そっと木の根元に

5歳の女児が
文字でも両親に命乞い
それでも見殺しに
まさに生き地獄
日本がふるえた日

8月6日8時15分
広島に向かって
1分間の黙祷
次の9日
長崎に向かって

秋の京都駅
アジア、欧米、日本人が
通路も満員
待合室では
私がガイジン

拝啓　少年野球の指導者　殿
もう少し言葉を
選んでください
大声で怒鳴るだけでは
少年たちは委縮し伸びますまい

発見、英語で
必見は　MUST-SEE
必読は　MUST-READ
必携は　MUST-CARRY
ならば大阪でたこ焼は　MUST-EAT

今年も冬至に
カボチャが
食卓に
平和な日本
わが家の平穏

ドーナツの穴
よーく見ると
限りなく
面白い
脳のオモチャ

「Water」（水）はカタカナ英語で
「ウォーター」ではなく
「ワラ（藁）」の方が
英語圏では通じやすい
私の一つ覚え

公園の片隅で
野良猫用か
半分の牛乳パックに水
ゴミのようでも
処分に躊躇

ターミナル10階のベンチ
大勢の人が行き交う
誰も互いに無関心
私の
とっておきの秘密基地

友あり
宮崎から来訪
マラソン談義
これぞ
同志「好機幸齢者」

妻を亡くした
幼なじみ
励ます会
お酒が入ると
立場が逆転

ピカドン、拉致から
何年過ぎた
待つ身になれば
昭和・平成・令和でなく
1日・1分・1秒単位で

拝啓　拉致問題担当大臣　殿
待つ身にあれば
毎朝、毎夕、この瞬間です
昭和、平成そして令和
いつまで引継ぐおつもりですか？

今日は
私の４×「成人式」
２×「不惑」
四方八方に感謝
親には夢の中で

近くの池に
カモの集団
鳥の世界にも
あるのかなあ
派閥やいじめ

この本読みたい！　と
切り取った
新聞広告
なぜか
そのまま6ヶ月

このごろ
勇気がいること
クルーズ船での旅
屋形船での宴
ライブハウスでの遊興

嫌われても
大金かけて造った壁を
楽々越えたウイルスに
大統領は
何思う

国から10万円
「私これを機会に
コロナ貯金として
貯金の習慣身につけたい」
若い女性の愉快な会話

妻の祖父が
「自動的に」を「のしがでに」と
言っていたとのこと
今、私が妻に
ときどき使ってみる

オンライン卒業式
オンライン飲み会
オンライン婚活
そしてテレワーク
残るはオンライン葬儀

リクライニング椅子を
元に戻して下車する人
そのままにしていく人
性格なのか
生活なのか

V まッいいか

鉄道のレールの音まで
「ヨカッタね、ヨカッタね」と
響いてくる
心臓の精密検査で
異常なしの帰り道

80歳
「まッいいか」と
思えるようになった
良いことなのか
悪いことなのか

城山三郎じゃないが
「そうか
もう姉はいないのか」と
つぶやいている私
いろんな場面で

0対0で終った試合でも
手に汗にぎる
場面があれば
面白い
人生だってそうだ

赤い野球帽
今は
やめておこう
バイデンさんに
睨まれそう

解っている自分
知らない自分
知らない自分も
ぜーんぶ含めて
これが自分

住所録の親友の名に
二本線を引く
ペンが重い
君の存在
あまりに重く

卯年に生れて
苦・苦81年
苦に苦を重ねて81歳
句に親しんで4年
これからがお楽しみ

遠くのマンションの上空
凧がゆーらゆら
子と糸を
握っているのは
父なのか祖父なのか

沖縄出身のドライバーさん
「豚は
あの鳴き声以外は
全部食べられます」
初耳　忘れられない

怖いのは
過信
「白人は感染しない！」
白人にウイルス
見えますの！

「パパ　おいで！」
幼児
すでに
上から
目線

「ご主人お元気？」

「もう死んで三年になるわ」

お悔みより先に　いきなり
「楽やろう！」

老女の会話　本音そのもの

車イスの老人を
モノのように
受け渡しする介護者二人
老人の心は
寒かろう

人工知能（AI）には
雑談する能力が
ないという
私には
それだけならあります

ニューフレッシュ○○銀座
という
さびれた
商店街入口の
古ぼけた看板

ここに生れた
好運すら
忘れそうな
五月晴れ
1人公園でひと休み

今週の新聞歌壇
4人の選者40首に
固有名詞「池江璃花子」
二つ
希望と期待の顔

「あんた方は4割」と値踏みする
パラリンピック開催国での
恥ずかしく呆れた事業主
ヘレンケラーなら
どう裁く

「安全・安心を
最優先」
言葉だけでは
かえって
危険

公園の離れた場所から
大声で「もしもーしッ」
忘れ物を指さす
返ってきた「ありがとう」の
大きなゼスチャー

隙間の時間
知らず知らず
推敲している
五行歌は
麻薬です

公園の砂場
母がわが子に
それは他人のモノと叱らず
「それはお友達のモノよ」
素敵だなとふりむく

2グラムに足りない
一本の虫歯
62キロの私を
ねじ伏せ
無口にする

ママさん選手や女医さんと呼び
パパさん選手や男医さんとは呼ばない
ジェンダー差別について
考える
一つの手がかり

老人Ａ「娘の説教は
あり難いと
思わにゃ・・」
老人Ｂ「嫌だ！」
バス停で立ち聞き

あれこれ考えず
「僕かァ幸せだなァ」と
口に出して云ってみる
そんな気になるから不思議
少しだけど

鰯を食べると
金子みすゞが
私に呟く
海ん中でのお弔い
「すみません」と呟いてみる

Ⅵ　最敬礼

今　何思う
凧あげする
老人一人
見上げる姿に
幼き日々が

あいさつする
炊飯器
あわてて
最敬礼
独居老人の朝

人間以外は
衣装も化粧もなしで
一生暮らす
生まれたままでは
生きられぬ人間

そういえば
いつも話の長～い人でした
自作の詩歌に
長い注記をする
そういう人でした

葬儀や仏壇
法事やお経
誰のため
何のため
思い悩む私

死ねばモノ
モノで構わぬ
献体するから
医学に役立ち
医療に役立つ

見慣れない漢字
そっと辞書をひく
「倫敦」「雅典」
ロンドン・アテネ
行ったことあるのに

上り坂より
下り坂の方が
実は要注意
登山も
人生も

理由《わけ》なく
嫌いな力士が
負けるとホッとする
私は人間として
どうなのか？

湖面を泳ぐ
鴨と鷭《バン》
言葉は通じるのか
約束事は
あるのかな

「マッチ一本
火事の元」
おじいちゃん
マッチって
なあに？

「痴漢は
犯罪です！」
当たり前
「戦争は犯罪です！」
あの人は知らないようだ

こんなのかな
上から目線って
丘の上の
マンション7階
全てが眼下に

10年1日の如く
変らぬ眺め
気づかぬところで
始まっている劣化
見えないだけ　人も物も

このごろの先生の
児童への言葉づかい
「○○しましょう」ばかり
パワハラが怖いのか
ピリッとしない

「鯉や鳩にエサを
あげないでください」
エサはやったが
あげた覚えは
ありません

そう言えば
最近　夕方になっても
蝙蝠
見かけませんね
田舎でも

流石は
商売上手
在阪2チーム対決
勝ったり負けたり
7戦までやりおった

ペットボトルの
蓋が
開けられない
缶ビールの蓋は
開けられるのに

昔
侍はどこでも刀
今
ほぼ全員が
どこでもスマホ

一人になりたい
一人になれば
誰かに
会いたい
人間ってやつは

5個あるポケットを
2度探しても
ない！　ない！　ない！
まさかの6個目のポケットに
隠れていた老眼鏡さま

健康目的で
始めた
早朝ウォーキング
今では
仲間との歓談ウォーキング

八十四歳四人
話題は
麦ご飯や大根ご飯
終戦直後は
ただ生きるだけ

単純に距離を距離感
価値を価値観と
言って違和感を
覚えない表現に
大きな違和感

嘗て「今日は死ねない」と
呟いていた女性の
一言が忘れられない
「だって私の部屋
散らかったままだもの」

あれがキョウチクトウ
初めて教えてくれた
故人の顔が
突然頭に浮かぶ
不思議

記録と記憶に残る
新入幕力士
記録にも記憶にも
ございませんと嘯《うそぶ》く
政治屋

記録にも記憶にも
残した力士
記録も記憶も
ございませんと宣う
政治家

内藤雅都代様作品（川崎市）

※この2首は月刊「五行歌」（2024年8月号294頁）をご参照ください。草壁主宰が「全く知らないうたびと同士が同じような歌を同時発表した」と書かれた。

ドーナツの穴に
興味津々
その穴を
残して
食べてみる

音だけ
続く
冬の花火大会
外は
寒かろう

Ⅶ　B‐29に乗る

2024年6月、在米の娘の誘いであの恐い爆撃機B‐29に乗ってきました。そのことを詠んだ歌です。

アメリカに住む娘の
誘いで
B-29に乗る
娘は昔のB-29のことなど
知るわけもないのに

B-29は
ビタミン剤でも
地下29階でも
鉛筆の芯の濃さでも
ありません

B-29は
広島と長崎に
あの
原爆を投下した
爆撃機

念願かなって
今も1機だけ残る
B-29に搭乗
飛ぶこと30分
米国ペンシルベニア上空　84歳

B-29
話題に
できる人
日本に
まだまだいます

人類は
いつまで経っても
武器を造り続け
持ち続け
使い続ける

人類が全滅しても
ロボットが
無人機とロボットを使って
戦争を続けている
かぐや姫の行き先は？

「新聞くれ《シルブプレ》」
「お願いします」と
教わったフランス語
花のパリで
使ってみたい

寝ても覚めても
領土の拡大しか
頭にない
世界最悪の
リーダー

アラスカの
北側を飛んだのは
生れて初めて
安全のための
遠回りか

お中元にウナギを贈る
同じ相手から同じ日に
ウナギが届く
粗末な品とも
結構な品とも言えず

跋

草壁焰太

大森さんは、私より一歳若い。歌を見ると、思うことがだいたい似ているのはそのせいなのか。まず心惹かれるのは、先に亡くなった奥さんの歌である。

車イスを押す
今日までどんな日も
背中を押し続けてくれた
妻の後ろ姿が
近くて小さい

葬送の曲まで
何もかも
自分で段取りして逝った
君の生きざまが
生き続ける

奥さんが先に亡くなった点、私より気の毒である。

冒頭の線路の中の草の歌は、私にも懐かしく思われた。東京のかなり都心から遠い郊外に住んだ頃、廃線の線路を通って通ったことがあった。

線路の中に草がある
草の中に線路がある
ローカル線は
鳥たちに迎えられ
花に見送られる

住まうところののんびりした空気が穏やかである。
歌の中には、物事を静かにみつめてきた人の目を感ずる歌がある。

一人になりたい
一人になれば
誰かに
会いたい
人間ってやつは

娘二人は
独と米
息子は日本
各自選んだ生きる場所
私にも悔いなし

子どもたちは、世界で生きているようだ。歌集のタイトルにも「世界よ」と入っている。私より、世界には近いところに住んでいるようだと思った。私の家系はみんな日本にいる。これからは、長生きの競争、ゆっくりやりましょう。

あとがき

皆様のような五行歌歴もないのに、85歳になったというだけで、その時どきに認めた五行歌を忘備録かメモのように纏めてみました。お暇な折にご笑覧ください。
こんな歌なら私にもと…五行歌作りに取組まれる仲間が増えてほしいと願っております。

2025年　1月

大森　仁

大森　仁（おおもり ひとし）
1939 年京都府宮津市生まれ
大阪府在住
五行歌の会 会員
舞鶴五行歌の会 会員
大阪大学 白菊会 副会長

そらまめ文庫 お 5-1

古里よ　世界よ
―85 歳になりました―

2025 年 3 月 21 日　初版第 1 刷発行

著　者　　大森　仁
発行人　　三好清明
発行所　　株式会社 市井社
〒 162-0843
東京都新宿区市谷田町 3-19 川辺ビル 1F
電話　03-3267-7601
https://5gyohka.com/shiseisha/

印刷所　　創栄図書印刷 株式会社
装　画　　大森　操
装　丁　　しづく

ISBN978-4-88208-220-0

五行歌五則 ［平成二十年九月改定］

一、五行歌は、和歌と古代歌謡に基いて新たに創られた新形式の短詩である。

一、作品は五行からなる。例外として、四行、六行のものも稀に認める。

一、一行は一句を意味する。改行は言葉の区切り、または息の区切りで行う。

一、字数に制約は設けないが、作品に詩歌らしい感じをもたせること。

一、内容などには制約をもうけない。

五行歌とは

五行歌とは、五行で書く歌のことです。万葉集以前の日本人は、自由に歌を書いていました。その古代歌謡にならって、現代の言葉で同じように自由に書いたのが、五行歌です。五行にする理由は、古代でも約半数が五句構成だったためです。

この新形式は、約六十年前に、五行歌の会の主宰、草壁焰太が発想したもので、一九九四年に約三十人で会はスタートしました。五行歌は現代人の各個人の独立した感性、思いを表すのにぴったりの形式であり、誰にも書け、誰にも独自の表現を完成できるものです。

このため、年々会員数は増え、全国に百数十の支部があり、愛好者は五十万人にのぼります。

五行歌の会　https://5gyohka.com/
〒162-0843 東京都新宿区市谷田町三―一九
川辺ビル一階
電話　〇三（三二六七）七六〇七
ファクス　〇三（三二六七）七六九七